KB202509

너와 걷는 길

너와 걷는 길

김수운 지음

좋은땅

　요 며칠간 내리는 비에 뜨거운 여름의 열기가 식고 하늘에서 가을의 향기가 조용히 내려오고 있다. 그래서인지 가을이 방문함을 알리려 산과 들이 세월을 안고 좀 더 성숙한 빛을 내는 것 같기도 하다. 조금 연 창문 사이로 거센 바람이 걸걸한 소리를 내며 들이닥친다. 그 바람을 안고 잎새는 붉게 물들어 가겠지. 거대한 바위도 부는 바람에 조금씩 깎여 나가듯 우리 모습도 부는 바람에 조금씩 시들어가는 것일지도 모른다.

　어느덧 나도 중년의 길에 발을 내딛었다. 앞으로는 세월이 주는 아픔을 약간은 느낄지도 모르겠다. 새로운 세월이 나에게 어떻게 다가올지는 모르겠지만, 지나온 세월을 조금씩 담아 지금 다시 한 권의 시집을 세상으로 보낸다. 전작이 전체적으로 우울하고 슬프다는 의견을 반영해서 이 번 시집에는 밝고 로맨틱한 시를 가급적 많이 담으려고 노력했다.

시집을 보내며 바라는 점은 이 시집이 현란하게 변해 가는 세상 속에서 독자들에게 감성의 울림을 눈으로 전하는 조용한 악기가 되었으면 한다. 그래서 지친 마음을 어루만지는 언어의 손이 되기를 바라는 마음을 담아 작가의 말을 마친다.

2018. 9. 25. 김수운

목 차

너와 걷는 길 I

끝없는 커튼 같은 푸른 하늘이 우리 머리 위로 떠오르고
광활한 바다 같은 푸른 들녘이 우리 눈앞에 펼쳐져
파란색으로 도배된 세상을 당신과 함께 걷는다.
당신과 함께 걷는 이 길의 끝에 펼쳐진 세상이
칼날 위를 걸어가는 한 마리 짐승처럼 험하고
마지막을 울부짖는 한 마리 새처럼 비참하여도
세상은 아름다우리라.

약속

가슴을 도려낸 칼 같은 달이 떠오른다.
바람이 별을 몰아 황홀한 들녘으로 나들이를 떠나고,
가로등도 잠들어 그 얼굴을 잃어
고요만 당신과 나의 어깨에 내려앉아 날갯짓을 멈출 때
이 세상이 아니라도 영원히 함께하자는 뜨거운 약속을
두 손에 가득 담아 당신의 가슴속에 심는다.

오직 당신만 보이네

상큼한 햇살이 당신의 하얀 얼굴을 비추고
하얀 바닷속에 검게 빛나는 흑진주 같은 당신의 눈동자가
사랑을 담은 하얀 물결을 내 가슴속에 보낼 때
행복으로 가득 찬 보석 같은 날들이
사랑을 가득 실은 소년, 소녀의 풍선처럼 떠올라
저 하늘이 우리의 풍선으로 가득 채워지고
사랑의 향기가 무수한 벚꽃처럼 눈앞을 가려
당신 말고는 아무도 보이지 않네

당신이 오는 날

오늘은 청명한 하늘이 화사한 빛을 비추어
아리따운 벚꽃도 이슬을 머금고 눈부신 자태를 뽐내고
길에는 반가운 님을 보러 노오란 개나리가 고개를 내밀
고 미소를 지을 때
아득히 들리는 교회 종소리는 님을 반기는 조용한 울림
이 되고
당신이 오는 발자국은 지울 수 없는 사랑의 흔적을 남긴다.

당신이 오는 날에는
하얀 구름도 잠시 가는 길을 멈추어 당신의 발소리에 귀
를 기울이고
멀리 산을 건너 날아온 까치는 온종일 울어도 지치지를
않으며
산은 사랑으로 붉게 물들어 정열의 빛을 발할 때
나는 설레는 마음으로 당신의 모습을 그윽이 바라보면
가볍게 마주 잡은 두 손에 건네지는 감정의 소용돌이가
행복으로 가는 두 사람의 영혼의 길을 열어
우리는 사랑의 향기에 취해 돌아오지 않는 여행을 떠난다.

봄 사랑

봄은 아련한 향기를 가지고 온다.
만물이 숨죽이는 슬픈 계절이 가고
새로운 계절이 오고 있음을 알리는
노란 꽃들의 합창 소리를 들을 때
포근한 햇살은 우리를 감싸
어디론가 가는 작은 기차에 태우고
우리는 행복으로 가는 여행을 떠난다.

차창 밖으로 꽃들의 환송을 받으며
열차는 속도를 올리기 시작하고
햇살에 반짝이는 강은 에메랄드빛으로
끝없이 펼쳐진 들을 따라 흘러가
우리를 유혹하는 손길을 보내면
슬픔은 햇살에 불타 사라져 버려
사랑은 빛을 타고 우리에게 온다.

가을 사랑

가을은 소리 없이 우리에게 왔다.
영원할 것 같던 여름 더위가 서서히 그 힘을 잃고
신의 입김으로 서늘한 바람이 불어
새로운 계절이 오고 있음을 알릴 때
그녀와 함께 시냇가로 이르는 길을 걷는다.

흩어진 낙엽은 바스락 소리와 함께
가을의 정취를 알리는 하모니를 선사하고
익어 가는 벼는 머리를 숙여 반가운 인사를 건넬 때
푸른 가을을 알리기 위해 파란색으로 단장한 대추 두 개를 따
그녀의 작은 손에 건넨다.

졸졸졸 흐르는 시냇물은
조용한 자연의 흐름으로 우리를 유혹하고
발을 살짝 담가 돌 위에 놓으면
놀란 송사리들이 화들짝 자리를 옮길 때
꼭 잡은 두 손에 가을의 정취가 서로에게 전해지며
사랑은 소리 없이 우리에게 왔다.

추억이 가득

허공이라는 과녁을 향해 활시위를 떠나 질주하는 화살처럼
추억으로 가는 열차의 질주하는 소리가 서서히 멀어져 간다.
나부끼는 깃발처럼 억새가 바람에 몸을 맡기고 이리저리
절을 올릴 때
한 줄기 빛처럼 외길로 뻗은 철길을 따라 걸음을 내딛는다.

언젠가 우리가 함께 걷던 이 길은 이제 그리움의 시간만
내게 던지며
추억이 가득한 내 삶의 한 시절을 조용한 침묵으로 내게
보내고,
그 옛날 아름다웠던 시간이 이제 아쉬움의 시간으로 남아
부는 바람에 조용히 흐느끼는 억새의 울음 속에서
추억이 가득한 슬픔으로 당신을 보낸다.

호명 I

서늘한 바람이 옷깃을 날려
어디론가 가고자 하는 보헤미안의 열망을 일으켜
저 멀리 찾을 수 없는 곳으로 가려 하지만
발을 뺄 수 없는 늪과 같은 현실에
가지 못하는 다리를 이끌고 나는 무작정 걷고 있다.

새처럼 날아가고자 하는 본성이 나를 이끌어
하늘과 가까이 숨 쉴 수 있는 언덕에 닿으면
높은 하늘을 정처 없이 떠가는 구름을 위에 두고
펼쳐진 광야에 영혼을 담아 그의 이름을 부른다.

골목길을 걸으며

나는 골목길이 좋다.
어슴푸레한 해질녘
노는 아이들의 소리가 희미해지는 햇빛과 함께 사라져 가고
달이 그 얼굴을 들어 조용히 마중을 나올 때
고달픈 생의 피곤함이 묻어 있는
좁다란 콘크리트길을 걷는다.

주황색 천막으로 둘러싸인 포장마차에서
희미한 불빛과 함께 삶의 희로애락이 새어 나오고
어디론가 힘겹게 가고 있는 리어카에서
고철들의 부딪힘이 애절한 울림으로 다가오지만
밤을 밝히는 불빛을 따라 걷고 또 걸어
구름을 뚫고 가장 밝게 빛나는 별에서 새로운 희망을 본다.

종소리

모든 것이 아직 잠들어
그 포근한 숨소리도 들리지 않고
별만 깨어 조그마한 빛으로
누군가를 향한 그리움을 빚어낼 때
까만 고요를 뚫고 멀리 고향의 숨소리 같은
쇠의 부딪힘이 울려온다.

멜로디도 없고 기교도 없는
순수하고 청아한 울림은
모든 것이 사라진 암흑 속에서도
가냘프지만 끈질긴 생명의 존재를 확인시키고
이제 곧 아침이 옴을 알리는 그에게
감사의 마음을 담아 편지를 쓴다.

봄비

봄의 향기를 품은 바람이 불어오면
하늘은 조용히 비를 뿌려 새로운 계절을 알리고
먼 산에 서서 푸르른 들녘을 바라보면
내리는 비에 들은 젖어 가는데
우리의 마음은 서로에게 젖어
사랑은 비를 타고 들에 뿌려지누나.

가을비

높은 하늘이 서늘한 기운을 뿌려
산은 푸른 잎에 붉은 옷을 입히고
가을을 맞이할 채비를 서두를 때
사라져 가는 여름의 마지막을 배웅하기 위해
가을이 비를 뿌린다.

감미로운 재즈 선율을 들으며,
유리창을 타고 흘러내리는 가을비를
희미한 전등불 아래서 바라보노라면
어느 가을날 함께한 그녀의 얼굴이 떠올라
수화기를 들어 안부를 전하고,
밝게 웃는 그녀의 목소리에 반가움이 전해질 때
사랑이 가을비를 맞고 싹을 띄운다.

겨울비

멀리 차가운 북쪽에서 날아온 바람이
안부를 묻듯이 창문을 똑똑 두드릴 때
하늘은 검은 그림자를 드리워 대낮에 어둠이 내려오면
눈이 내리길 기대하는 소녀의 바람을 뒤로하고
추적추적 비가 내린다.
차가운 바람과 얼음 같은 비는
모든 이의 발을 묶어 머무르게 하지만
타향살이 십 년에도 그리움은 여전해
가지 못하는 안타까움을 담아 편지를 띄우고
하루하루 쌓아 둔 그리움을 뒤로하고
언젠가는 고향으로 돌아가리라.

나그네

어디로 와서 어디로 가는가.
온 곳과 가는 곳이 아무런 의미도 없이
그저 발길이 나를 이끌어
정처 없이 떠도는 나그네.

불어오는 바람을 맞으며 계속 걸으면
살아온 회한이 가슴에 사무쳐
다시 돌아가지 못하는 처지에 눈물이 나고,
모든 것을 버리고 떠나야 하는 나그네이기에
사무치는 그리움에도 그대를 찾지 못하는 나를 용서하소서.

사랑이 오는 순간 Ⅰ

그 순간을 기억하나요.
모두 떠난 겨울의 해변을 맨발로 걸으며 파도의 아우성을
듣던 순간을.

그 순간을 기억하나요.
다가오는 가을에 수줍어 홍당무가 된 단풍잎을 건네며
함께 미소 짓던 순간을.

그 순간을 기억하나요.
저물어 가는 가을 벌판을 걸으며 함께 귀뚜라미 울음소
리를 듣던 순간을.

그 순간을 기억하나요.
눈이 오는 날 눈덩이를 담은 작은 손길이 우리의 마음을
적시던 순간을.

그 순간을 기억하나요.
사랑이 들어와 가슴에 자리를 틀던 청춘의 우리 어느 날을.

사랑의 난로

조그마한 불씨에서 시작해서

오래된 나무를 타고 불꽃이 피어오른다.

겨울은 가까이 있어

창밖으로 눈꽃이 만발하고

잎이 모두 떨어진 겨울나무는

끝없는 한기에 파르르 떨리는 가지에 슬퍼하는데

당신과 함께하는 이 순간

사랑은 불꽃을 타고 피어올라

세상의 한기가 우리를 덮치더라도

우리는 언제나 따뜻하리니

함께하는 즐거움이 가득하구나.

벚꽃

아침 이슬을 머금고 촉촉이 젖은 잎은
망향의 한을 달래는 향기를 담아
오가는 이의 깊은 시름을 달래
잠시나마 망각의 숲으로 이끌어 안식을 주고
햇살을 받아 하얗게 반짝이는 자태는
빛나는 순수를 담아 속세의 번뇌를 잊게 해
나에게 평온을 선사하니
꽃의 조용한 부름에 걸음을 돌려 다시 돌아보고
날아오는 꽃잎을 가슴에 담는다.

겨울 여행

겨울에는 추위가 나를 둘러싸
매서운 바람이 살을 헤치고 몸속 깊숙이 한기를 불어넣
으려 하지만
겨울 풍경이 나를 부르는 소리에 이끌려
두껍게 입은 옷에 두꺼운 장갑을 끼고
하늘로 뜨거운 입김을 불어 넣고 있는 기차에 몸을 싣는다.

스쳐 지나는 풍경은
하얀 낙원과 같은 고요함만을 전하고
아무도 보이지 않는 간이역에 기차가 서면
눈 내리는 플랫폼에 발을 내딛는다.

이름 모를 역을 나와
끝없이 펼쳐진 눈길을 걸어
길의 끝에 출렁이는 바다가 나를 반기면
내리는 눈을 삼키는 웅장한 바다의 소리를 듣고
나는 자유를 삼킨다.

그대의 향기 Ⅰ

꽃이 만발한 봄 길을 걸으면
화사한 빛깔에 눈길을 뺏기기도 하고
저녁 하늘을 날아가는 철새의 그 자유로운 몸짓을 보면
부러움과 동경이 스며오는 것을 느끼며,
함께 걷는 당신으로부터 전해 오는 향기는
평생을 담고 싶은 사랑을 전해 주기에
영원히 걷고 싶은 마음 간절하구나.

함께하는 시간

끝없는 시간의 흐름 속에서
우리가 함께하는 시간은
흐르는 강물이 잠깐 스쳐 지나간
조그마한 모래알에 지나지 않겠지만
흐르는 강물에 함께하는 마음을 태워 보내기에
우리의 시간은 바다를 가득 채운다.

나룻배를 타고

살을 스치는 날카로운 바람이 불어오고
솟아오르기 시작하는 해는 희미한 등불을 밝혀 올 때
수백 년의 시간을 강과 함께한 나룻배는
오늘도 사공의 늙은 팔뚝이 노를 젓는 반대 방향으로
물살을 가르며 소리 없이 나아가고 있다.

강가 저 편은
언제나 나를 기다리는 늙은 어미의 손짓과 같아
아무런 사심도 없이 우리를 기다리고 있고
노를 젓는 사공의 몸짓을 따라
한 걸음 한 걸음 물살을 가르며 나아가면
새로운 삶의 여정이 시작되는 기대에
꼭 잡은 두 손에 가벼운 힘이 전해지고
나룻배에서 내려 새로운 토양에 발을 내디딜 때
삶의 근심과 슬픔은 나룻배에 남겨 두고
사랑과 희망만을 가지고 함께 가련다.

불을 밝히는 당신

해는 이제 자신을 감추려 하고,
어둠이 내려와 조용한 분위기가 거리를 가득 메울 때
가로등은 하나둘 불을 밝히고
거리의 악사는 클래식 선율을 흘려보낸다.

저녁은 잠시뿐이고
이제 완전한 어둠이 찾아올 테니
낯선 거리를 찾아 헤매는 방랑자에게
조그마한 등불을 밝히듯
당신이 어두워지는 내 삶의 새로운 등불이 되어
함께 새로운 길을 찾아 새벽을 향해 떠나 주오.

사랑이 내리는 날

따뜻한 햇살이 커튼 너머로
포근함을 한아름 안고 반가움의 인사를 건네면
우리의 눈맞춤을 따라 거부할 수 없는 사랑이 전해지고
화창한 날에 아무것도 내리지 않지만
함께 바라보는 지평선 가득히
사랑이 내리고 있음을 우리는 보았네.

사랑이 내리는 날에는
사랑꽃이 피어나는 목련나무에서
종달새는 끝없는 사랑을 노래하고
바람이 전하는 달콤한 사랑의 향기는
우리가 함께하는 공간을 가득히 메워
모든 것이 사랑으로 녹아드는 시간이 한없이 흘러가누나.

장미꽃 그리움

문명의 손길이 뻗치지 않은 어느 시골길을 걷다가
붉디붉은 단 한 송이 장미를 보았지.
붉은 장미는 당신의 빨간 입술을 그리게 하고
홀로 도도히 서서 하늘을 바라보는 모습이
언제나 기품이 넘쳐나던 당신의 자태를 떠올리게 해
다시금 당신이 내 마음속으로 들어와 나를 그리움의 시간
으로 이끌고,
이제는 당신을 떠날 수밖에 없었던 안타까운 시간도 기억
저편으로 보내야 하기에
나는 장미를 가져가지 않고 조용히 입 맞춘 후 길을 떠났다.

설원에서

모든 것이 하얗게 변해 버리고
살아 있는 것의 어떠한 숨소리도 들리지 않아
맹렬히 질주하는 바람의 고독한 기적 소리만 귓가에 울
리는 곳에서
하얀 하늘과 땅이 끝없이 펼쳐진 하얀 세상을 홀로 걸으면
그 무엇도 나에게 포근함과 따뜻함을 전해 주지 못하지만
저 하늘의 별이 된 당신이 있기에
닿을 수 없는 별을 따라 한없이 걸어가련다.

비 오는 날의 산책

오늘은 무슨 슬픈 날이기에
하늘이 조용히 눈물을 흘리는지.
아침부터 내리는 비에 고요함으로 젖어 가는 세상을
조그마한 창을 통해 바라본다.

창 너머로 끝없이 펼쳐진 들녘은
내리는 비를 쓸쓸히 맞으며 돌아서는
가슴 아픈 사연의 어떤 이처럼
조용한 인고와 고독만을 풍기며 내게 손짓을 한다.

나무로 만든 오래된 문을 열고
한 발짝 차가운 세상으로 나서면
내리는 비에 나도 젖어 고독이 엄습해 오는데,
끝이 보이지 않는 들길을 따라 걸어서
내리는 비에 모든 것을 흘려보내고
돌아올 때는 무한한 자유만 안고 오리라.

행복한 우리

지나온 많은 날들은
대부분 망각이라는 문을 열고
다시 돌아오지 않는 길을 떠나지만
우리가 함께하는 날들은
하루하루가 소중한 사랑의 씨앗을 뿌리고
가는 세월이 아쉬움으로 남지 않는
행복한 날들이 우리를 둘러싸
서로를 향한 마음만 가득하니
다른 그 무엇도 필요치 않구나.

당신에게 뻗는 손

세상이 어둡고
희미한 불빛도 구만리 떨어져 보이지 않을 때
당신에게 손을 뻗어
조그마한 당신의 손을 잡고
어둠의 세상을 걸어 새로운 곳을 찾아간다.

가녀린 당신의 손에
겨울의 한파가 남긴 송곳 같은 차가움이 전해져 오지만
우리가 가진 마지막 불씨 같은 따스함이
꼭 잡은 두 손을 따라 새롭게 타오르기 시작하면
북풍이 전하는 차가움을 뚫고
우리는 앞으로 한 걸음 내딛는 불꽃이 되고
먼 동이 트는 아침이 오면
함께 바라보는 떠오르는 태양에
당신에게 주고픈 나의 마음을 담아
당신의 가슴속에 담아 두고 싶다.

사랑을 느끼는 날

화사한 봄이 그 따뜻함을 세상에 뿌려
새롭게 피어나는 새싹도 고개를 내밀고
온화한 계절의 기운을 만끽하려고 하는 날.
우리는 바닷물이 넘실거리는 해안 도로를 따라
길가에 펼쳐진 유채꽃밭의 그윽한 향기를 맡으며
하얀 등대가 보이는 작은 항구로 간다.

작은 배들의 엄마와 같은 항구를 거닐며
떠나가는 배의 뒷모습을 함께 바라보면
떠나는 배를 기다리는 아쉬움의 마음도 다가오지만
바다 위로 저물어 가는 태양을 뒤로하고
지친 배들이 하나둘 들어오면
배는 포근한 사랑을 가득 싣고 우리에게 다가오고
함께 바라보는 우리 눈빛을 따라
사랑이 새싹처럼 봄기운을 타고 피어남을 느끼기에
항구에 영원히 머물러도 마냥 좋구나.

당신과 내가 하나 되는 순간

당신의 눈망울이 이슬을 품은 보석처럼 빛납니다.
새하얀 건반이 전하는 황홀한 멜로디가 우리의 귓가를
울리고
낡은 교회 종이 보내는 새하얀 소리가
험난한 세상에 한 마리 새가 되어 고이 날아갈 때
하이얀 면사포를 올려 당신의 얼굴을 마주하며
세상의 모든 번뇌와 이별하는 이 순간이
당신과 내가 하나 되는 순간임을
당신의 입술에 나의 입술을 포개어 서약합니다.

지금 이 순간

지금 이 순간
기차를 타고 함께 바라보는 풍경이
한 번도 가 본 적이 없는 미지의 곳이라도
무작정 함께 걷고픈 마음이 들면
당신과 함께하는 이 순간
우리의 영혼은 이미 함께 세상을 거닐고 있네.

지금 이 순간
이제는 그 생명력이 다해 가는 오래된 라디오에서
그 옛날 함께 들었던 애절한 사연이 담긴 노래가 흘러나
오면
비록 잘 들리지도 않는 노파의 한숨 같은 곡이지만
당신과 함께하는 이 순간
과거의 추억이 파릇한 새싹처럼 살아오는 것을 느끼면
세상에서 가장 아름다운 멜로디가 우리를 감싸네.

지금 이 순간

아득한 밤하늘에 빛나는 별 같은 당신의 눈동자를 바라
보노라면

내가 가진 모든 것을 바쳐도 아깝지 않은

보석이 살아 숨 쉬고 있음을 느끼고

당신과 함께하는 이 순간

밤에 영원히 빛나는 두 개의 별이 되어

세상을 향해 조용히 미소 짓고픈 마음 가눌 길 없네.

메타세콰이어 길을 걸으며

가을은 모든 것을 쓸쓸하게 만든다.
모든 것이 바람에 날려 어디론가 날아가 버리고
오래된 추억만 바람에 실려 날아오는 계절에
누군가가 심어 놓은 메타세콰이어가
쓸쓸한 정취를 발산하며 말없이 서 있는 길을 조용히 걷
는다.

행복이 남기고 간 시간은
이제는 돌아갈 수 없는 아쉬움을 남기고
가을이 오면 더욱 몸부림치는 추억의 잔향은
또 다시 슬픔이 깃든 이 길을 찾게 하여
메타세콰이어가 끝나는 곳에 방긋 웃던 그녀를 기억하며
이 길을 걷는 나는 오늘도 그녀 없음에 쓸쓸히 돌아선다.

이별의 순간

멀리 기적 소리가 들려오고
터널을 통과한 열차가 가쁜 숨을 쉬면서
쇠로 만든 좁다란 길을 따라
스치는 바람처럼 우리 앞을 지나가면
아무도 없는 정적만 우리를 감싸고돈다.

이제 당신은 저 길을 넘어
돌아오지 않는 여행을 떠나려 하고,
지나간 열차처럼 붙잡을 수 없는 당신임을 알기에
체념 아닌 체념을 하고
덤덤한 눈빛으로 당신의 얼굴을 바라보면
우리가 함께한 지나간 시간들이
두 사람의 눈을 타고 떠올라
마지막 행복이 그윽한 라일락 향기를 따라 피어오르고
돌아서는 순간,
남는 것은 추억밖에 없기에
흐르는 눈물을 참을 수가 없구나.

귀 기울여 봐요

귀 기울여 봐요
해님이 방긋 웃는 화창한 어느 날
전원 풍경이 우리를 반겨주는 고풍스런 카페에서
마주 앉은 우리 둘의 눈가에 피어나는 행복이
우리를 끌어안고 사랑의 계단을 하나씩 올라가는 발자국
소리에.

귀 기울여 봐요
반짝이는 호숫가에 조그만 배를 띄워 노를 저으면
부딪히는 물결이 행복의 아우라를 만들고
흐르는 물결이 우리에게 다가와 나지막이 사랑의 멜로디
를 속삭일 때
마음으로부터 우러러 나와 호수를 가득히 메우는 기쁨의
함성에.

귀 기울여 봐요

보름달이 뜨는 늦은 가을 저녁 무렵

싸늘한 바람이 우리의 옷깃을 스치고 지나가

추운 겨울이 옴을 알리는 계절의 포고문을 받는 순간

가볍게 쥔 당신의 손에서 느끼는 따뜻함이 영원함을 확
인시키는

우리 둘의 사랑의 약속이 맺어지는 소리에.

잠 못 이루는 밤

새벽 두 시를 알리는 나지막한 라디오의 울림을 들으며
나무로 만든 오래된 테라스에 발을 디디면
밤바람이 숲을 흔들며 자연의 음악을 전하고
밤하늘은 아련한 꿈처럼 나에게 다가와
꿈을 꾸는 듯 나는 당신의 얼굴을 저 하늘에 그린다.

우리의 만남은 그리 오래된 일은 아니지만
형용할 수 없는 묘한 이끌림에
두근거리는 가슴은 나를 그리움의 세계로 이끌고
고요만 나를 반기는 이 시간에
모든 것이 잠들어 잠시 세상에서 사라져 갈 때
오직 당신과 나만 깨어 함께 저 하늘을 바라보고픈 내 마음은
당신이 나에게 선사한 조그만 욕심이어라.

그대의 향기 II

아침이 밝아 오는 소리에 깨어
청명한 하늘이 비추는 빛으로
깊은 숲 속에 찾아온 광명이 나를 반기면
자연이 살아 숨 쉬는 숲길을 따라 걸음을 옮긴다.

최면에 걸린 어떤 이의 걸음처럼
아무런 의식도 없이
길가로 빽빽이 들어선 나무들의 서열을 받으며
좁게 어디론가 뻗어 있는 길을 걸으면
함께 걸었던 옛 생각이 나를 찾아와
곁에서 당신의 나지막한 숨소리가 들리는 듯하고
숲 속에 가득한 당신의 향기에 취해 꿈속을 헤매면
어느덧 해는 사라지고 차가운 고요만 나를 반겨
나는 오늘도 이슬을 머금고 잠이 든다.

행복의 조각

아카시아 꽃이 만발한 길을 따라 걷다가
바람에 날리는 갈대가 저 멀리서 손짓을 하면
우리는 섬으로 가는 나무로 만든 다리를 건너고
자유로운 철새들의 낙원에 발을 딛는다.

하늘을 날아 북쪽 미지의 곳으로 날아가는 새들에
우리의 동경을 담아 보내고 난 뒤
갈대가 무성한 길을 따라 걸으면
한 폭의 그림 같은 조그만 호수가 우리를 반겨
파아란 하늘이 호수 안에서 숨을 쉬고
잔잔한 물결을 따라 구름은 천천히 걸음을 옮긴다.

기울어 가는 태양이 어둠이 도래함을 알려
돌아갈 시간이 다가옴을 우리는 알지만
함께한 이 시간을 남기고자 하는 우리의 바람이
지워지지 않는 행복의 시간을 조각해 우리 가슴에 새기고
바람에 실려 오는 갈대의 애절한 노랫소리를 들으며 조
용히 돌아설 때
우리의 입가에 피어나는 행복의 미소가 어두운 길을 환
하게 비춘다.

폭풍 속으로

검은 정적을 뚫고 나타난 거대한 폭풍이

수십 년을 대지에 뿌리를 내린 수림을 들어 산산이 부셔
흩뿌릴 때

암흑천지가 내뿜는 기운에 모두 사라지고 아무것도 남지
않고

격렬한 바람 소리만 점점 다가와 가지는 파르르 떨고 있
는데

폭풍이 눈앞에 왔음을 느끼고 나는 폭풍 속으로 걸음을
옮겨

온몸이 부딪혀 이 한 몸 부서질지라도

세찬 비바람과 함께 그를 맞이하련다.

야경보다 빛나는 사랑

콘크리트로 포장된 가파른 길을 오르면
삶의 무게와 같은 힘겨움이 우리를 엄습해 오고
우리가 내딛는 한 걸음 한 걸음을 따라
하나둘 맺혀 오는 구슬 같은 땀방울이
서늘한 바람에도 식지 않고 뜨거운 열기를 내뿜는다.

산에서 내려다보는 전경은
까만 밤에도 잠들지 않는 불빛으로 황홀하게 빛나고 있고
멀리서 숨 쉬는 바다는 그 거대한 모습을 어둠에 감추고
차가운 입김으로 끝없는 해풍을 전하는데
바다를 가로지르는 기나긴 다리를 함께 바라보노라면
불빛도 닿지 않는 머나먼 심해보다 깊은 우리의 감정이
우리가 연결된 마음의 다리를 따라 끝없이 교류하며
우리를 사랑이 풍만한 세계로 이끌고 있기에
우리의 마음은 펼쳐진 야경보다 아름답게 빛나고 있구나.

기쁨의 눈물

창가로 스며드는 햇살이 전하는 따스함에 눈을 떠
창을 열고 새들의 합창 소리를 들으며
목적지도 없이 느긋이 길을 떠나는 하얀 구름과 인사를
나누고
숲이 전하는 자연의 향기를 듬뿍 마신 뒤
당신의 손길이 아직 남아 있는 오래된 잔에 커피를 마신다.

세상을 등지고 어디론가 사라져
바람을 길동무로 보이지 않는 곳에서
누구도 알 수 없는 삶을 조금씩 쌓아 가는 당신이기에
잘 지내겠지라는 믿음이 나에게 조금의 위안을 주고
여정이 끝나는 날 돌아오겠다던 당신의 약속이
아직도 조용히 귓가에 울리는 듯해,
바람이 숨을 죽일 때 조용히 귀를 기울이면
멀리 누군가의 발소리가 들리고
소리의 주인은 당신이 아닐 수도 있지만
나는 부푼 희망에 기쁨의 눈물을 흘린다.

밤의 세레나데

하루는 두 개의 얼굴을 가져
내리 쬐는 햇볕 아래서 부풀어 오른 번뇌를
차가운 밤바람으로 조용히 덮고
반짝이는 별빛이 사랑으로 빛나는 연인의 눈빛을 조용히
타오르게 하면
어디선가 흘러나오는 무명의 세레나데가
안개로 희미해져 가는 강가의 거리를 가냘픈 소리로 메
워 간다.

당신이 작곡한 이 곡은
사라져 가는 생명이 마지막으로 피우는 사랑의 영혼을
담아
희미한 안개를 헤치고 보이지 않는 내 영혼의 울림으로
다가와
멜로디에 녹아 가는 나를 이끌고 둘만의 세계로 초대하
기에
다른 세계에 있는 우리 둘은 세레나데를 타고 영혼의 재
회를 한다.

향기로운 속삭임

서서히 사라져 가는 저녁노을이
당신의 붉은 입술을 그리며
지평선에서 잠시 우리를 주시하는 순간,
사랑을 약속하는 당신의 속삭임이 귓가에 울려
달콤한 향기가 전해져 오면
이제 곧 어둠이 내려와
아무것도 보이지 않더라도
내 가슴 깊숙이 숨 쉬고 있는 당신의 향기로
항상 당신과 하나 됨을 느끼고
달빛이 창가에 모습을 드러내면
나는 편안히 당신을 꿈꾼다.

사랑이 꽃피는 날

차가운 얼음을 녹이는 봄바람이
저 멀리 따사로운 향기를 품고
꽃이 피어나는 계절로 우리를 안내하면
파릇한 대지로부터 솟아오르는
노란 봉오리의 유채꽃을 따
당신의 조막 같은 손에 안길 때
당신의 볼에 피어나는 행복의 미소가
사랑이 피어나는 둘만의 정원을 만들고
나는 사랑의 꽃을 한아름 당신에게 드립니다.

젊음의 나날들

이제는 기억 저편으로 사라져 가는 삶의 편린일 뿐이지만
화창한 봄날에 생긋 웃는 새싹처럼
풋풋함이 피어나는 청춘의 나날이
지금도 가끔 추억이라는 이름으로 나를 찾는다.

청춘은 그 속에 뜨거운 열정과
때 묻지 않은 순수함을 숨기고
다시 돌아오지 않는 젊음을 내뿜어
언제나 흘러가는 삶의 여정에서
가장 빛나는 시절의 추억을 만들어 간다.

나이가 들면 모든 것이 희미해지지만
지금도 잊을 수 없는 젊음의 향기가
밤의 정막을 타고 피어오르면
그 옛날 사모했던 당신의 모습이 눈앞에 아른거려
돌아갈 수 없는 시간이 야속하기만 한데,
나에게 주어진 시간이 많지 않더라도
나는 떠올릴 기억의 단편이 많이 있기에
행복한 미소 속에 스르르 잠이 든다.

바람에게 전하는 기도

하늘을 향해 가고자 갈망했던 어떤 이의 혼이 담긴 듯
허공을 향해 길게 뻗은 언덕에 올라
배를 타고 떠나 돌아오지 않는 이를 달래려는
검푸른 바다의 애처로운 망혼가를 들으며,
끝없는 곳에서 와서 머무르지도 않고
끝없는 곳으로 가야 하는 바람을 맞으며
나는 당신을 향한 그리움을 바람에 담아
조용한 기도와 함께 당신에게 보낸다.

비 오는 밤

빛은 사라지고
깊은 산속 아무도 모르는 동굴 속의 암흑 같은
어둠만이 주위를 둘러싸
어디로 가는지도 모른 채 헤매일 때
보이지도 않는 빗방울이
어둠을 가르고 하나둘 내려오면
길을 잃은 슬픈 짐승의 서글픈 울음소리가
아득한 곳으로부터 울려오는데
저 멀리 바다가 부르는 소리에 걸음을 옮겨
빗속을 뚫고 수평선을 타고 오르는 생명의 빛을
용광로 같은 뜨거운 젊음으로 맞이하련다.

피아노 선율이 나를 부르면

자정을 알리는 오래된 벽시계의 가냘픈 외침이 울리고
어디선가 나지막이 그 옛날 즐겨 듣던 피아노 선율이 흘
러나오면
흐릿한 조명 아래에서 나는 선율을 따라 회상에 잠긴다.

지나간 세월은
내가 꺼내기 전에는 조용히 잠들어 있지만
결코 달아나지 않고 내 주위를 맴돌아
조그마한 돌에 퍼져 나가는 호수의 물결처럼
잔잔한 음악에 기억의 물결을 일으킨다.

그 기억의 물결을 따라
나는 시간을 거슬러 과거로의 여행을 떠나고
그 기억의 여행의 끝에서
피아노를 치는 당신의 모습을 보며
내 마음에 다시 한 번 사랑의 선율이 울리기에
삶의 고독이 나를 휘감더라도 나는 외롭지 않다.

사랑의 계절

포근한 햇살에 바람도 온기를 품고
그 따뜻함을 전하려 찾아올 때
지나간 계절은 점점 멀어져 보이지 않고
새로운 계절을 맞이하려 나무는 화사하게 단장을 한다.

함께 걷는 걸음을 따라
신비로운 계절의 속삭임이 전해져 오고
모든 것이 영롱하게 빛나는 계절의 마법 속에서
당신의 아리따운 자태를 바라보노라면
계절의 기운을 타고 사랑이 승화하고 있음을 느껴
향기로운 사랑의 계절이 꽃으로 피어남에
지지 않는 꽃을 따 당신에게 건넨다.

함께 바라보는 바다

하루의 시작을 알리는 태양이 떠오르고
구름은 멀리 나들이를 떠나서 보이지 않아
끝없이 펼쳐진 푸른 하늘과 푸른 바다만 수평선에서 만나
바다는 자연의 신비를 전하는 노래를 부른다.

모래알과 같은 많은 사람들 속에서
전혀 다른 우리 두 사람의 만남은
끝없는 하늘과 바다를 푸른 사랑으로 가득 채우기에
수평선은 두 사람의 사랑이 만나는 사랑의 선으로 남아
당신과 나의 환한 웃음소리가 수평선에서 들려오누나.

아름다운 귀로

오랜 여행은 삶의 조그마한 이정표도 세우지 못한 채
돌아가고자 하는 열망만 사막 속의 갈증처럼 쌓아 간다.
무언가를 찾아서 헤매던 청춘의 나날은
아무것도 찾지 못하는 공허함의 종착역에 다다르고
별을 바라보며 하얗게 지새우는 밤에
참을 수 없는 슬픔을 가슴 깊이 새긴다.

조용히 밝아오는 새벽빛을 뒤로하고
지나온 길로 돌아서는 발걸음을 내딛으면
결국 삶이란 끝없이 가는 것이 아니라
왔던 길을 되돌아가는 것이라는 그 유한함을 절감하며
돌아가는 한 걸음 한 걸음을 따라 나의 삶이 점점 끝나가
더라도
자줏빛으로 빛나는 아름다움이 가득한 귀로이기에
내 삶에 후회는 없다.

사랑의 편지

해가 저물어 가는 저녁 무렵 창가에서
언제부터 놓여 있는지 알지도 못하는 오래된 고목 같은
책상 위에
로즈마리 향이 배어 있는 깨끗한 편지지를 놓고
까만색 잉크로 당신을 향한 나의 마음을 써 내려간다.

불어오는 바람에 조용히 춤추는 버드나무 잎새는
그리움이 배어 있는 사랑의 몸짓과 같아
우리가 처음 만났던 순수한 순간이 다시금 나를 설레게 하고
당신을 향한 한결같은 마음이 손끝으로 전해져 오면
끝없는 사랑을 고스란히 편지에 담아
불어오는 가을바람에 태워 당신에게 보낸다.

사랑의 돌담길

정오를 알리는 듯한 소쩍새의 인사를 들으며
기나긴 세월의 흐름을 간직한 돌담이
말없이 서 있는 길을 당신과 함께 걷는다.

하나하나 정성스레 쌓아 올려진 돌들은
길을 따라 연결된 조그만 장벽을 이루며
함께 걷는 걸음에 정취를 더해 주고,
그 돌과 같은 굳은 믿음이 당신과 나를 안고 있기에
우리는 모진 세월의 풍파에도 굴하지 않는 사랑의 돌이 되어
함께 사랑의 돌담을 쌓는다.

사랑이 빛날 때

햇살이 호숫가에 다다르면
누군가가 수면 위로 뿌리는 보석처럼
잔잔한 물결을 타고
자연의 눈부신 빛이 우리를 사로잡는다.

호숫가를 따라 서 있는 커다란 미루나무는
아득한 두 사람의 사랑의 길을 만들고
바람에 흔들리는 잎새의 나지막한 속삭임은
자연이 전하는 축복의 말처럼 달콤하게 우리에게 다가와
모든 것은 사막 속의 신기루처럼 우리에게 끝없이 펼쳐지고
대자연의 풍경이 발아래 펼쳐지는 언덕에 올라
가득히 쏟아지는 햇살을 맞으면
빛나는 사랑의 오로라가 하늘을 가득 채운다.

봄이 오는 소리

차가운 바람의 매서운 외침이 잦아들고
그늘에 숨어서 조용히 숨죽이던 눈도 그 자취를 감추어
내리쬐는 햇살에 자연의 포근함이 전해지는 봄이 오면,
새로운 싹은 토양의 벽을 뚫고 고개를 들고
추위에 갇혀 멈추어 버린 생명의 강은 다시 흐르기 시작
한다.

겨우내 떠나간 당신은 봄이 오는 소리에
새로운 삶이 시작되는 계절의 전환점을 돌아
이제는 고향으로 돌아가는 걸음을 걷고 있는지
알 수 없는 희망이 부풀어 오름을 느끼고,
오늘은 비록 당신을 보지 못하지만
새로운 태양이 뜨면 그 온기를 안고
홀연히 나타날 당신을 그리며 봄의 새벽을 맞는다.

여름 해변에서

불구덩이에 달궈진 쇳덩이처럼
붉게 타오르는 태양이 모습을 드러내고
그가 던지는 강렬한 빛의 열기가
숨 쉴 틈조차 주지 않는 뜨거운 계절을 부른다.

나지막하고 뜨거운 숨소리가
피어나는 아지랑이 사이로 사라져 갈 때
나는 어느 외딴 해변을 찾아
내게 하얀 팔을 내미는 파도를 맞이하며
여름을 가득 품은 모래알을 한 걸음씩 밟고 지나
끝없는 바다의 품에 안긴다.

메아리

삶의 무게로 휘청거리는 나를 이끌고
그저 묵묵히 서 있는 송림을 지나
사람의 발길을 거부하듯 우뚝 솟은 기나긴 봉우리를 오른다.

격렬한 숨소리가 산의 적막을 조용히 깨고
안개가 드리워진 정상에 서면
무엇이 앞에 서 있는지 모르는 삶의 행로 같은
알 수 없는 두려움이 나를 찾는다.

끝없이 펼쳐진 하얀 바닷속에 홀로 빠진 것처럼
누구도 찾을 수 없는 철저한 고독 속에
끓어오르는 마지막 힘을 다해 당신 이름을 부르면
날개 달린 메아리가 허공을 가르고 당신을 찾아 먼 길을
떠난다.

가로등

마지막 버스가 밤의 차가운 공기를 뚫고
좁다란 도로를 따라 사라지고
아카시아 꽃만 불어오는 바람에
고개를 숙이고 꽃향기를 띄워 보낼 때
세월의 무게로 구릿빛으로 녹슨 가로등 하나가
가냘픈 빛을 발하며 밤거리를 비춘다.

가로등으로부터 나오는 빛은
소외된 사람의 들리지 않는 외침과 같아
어둠으로 가득 찬 거리를 밝음으로 바꾸지는 못하지만
언제나 사라지지 않고 조용히 남아 나를 부르기에
나는 오늘도 가로등 길을 걷는다.

어울림

여름이 오는 길목에서
새로운 생활의 터전을 만들기 위해
아침부터 분주히 움직이던 삶의 몸부림을 잠깐 내려놓고
아직은 어둠이 채 깔리지 않은 저녁 무렵에
술 한 잔의 여유와 어울림의 즐거움을 함께할 수 있는
조그만 공간으로 간다.

여기에 모인 사람들은
각자 다른 삶의 여정을 걸어왔지만
보이지 않는 인연의 끈으로 연결되어
무수한 시간과 공간 속에 사라지지 않는 하나의 어울림
을 만들고
돌아가는 술 잔 속에 삶의 정이 녹아 들어가
들이키는 한 잔 술에 삶의 쓴 맛은 어디론가 사라지고
달콤한 어울림의 행복이 가득하구나.

어느 비 오는 날

오늘은 비가 온다.
봄 향기를 품고 밝게 빛나던 하늘은
회색빛 구름으로 가리워져 보이지 않고
조용히 떨어지는 빗방울에
대지의 풀은 서둘러 목을 축인다.

보슬비가 거리를 적시고
말없는 사람들의 발걸음만 다가와서 사라져 갈 때
골목 귀퉁이 잘 보이지도 않는 재즈 카페에서
흑인 가수의 굵직한 목소리가 우리의 귓가에 울리면
아늑한 불빛 아래 행복을 가득 품은 칵테일을 마시며
당신과 나는 비로 젖어 가는 세상을 바라본다.

그리움의 걸음

기나긴 어둠의 시간이 흐르고

산 속을 헤매는 슬픈 짐승의 울음소리도

싸늘한 공기에 묻혀 조용히 사라져 갈 때

끝없는 밤하늘을 날아온 철새가

커다란 느티나무 가지 자락에 고운 발을 딛고

먼 길을 가야 하는 애절한 사연을 담아 구슬픈 노래를 부
르면

어둠을 헤치고 멀리 지평선에서 황홀한 빛이 떠오르고

나는 당신을 향한 그리움의 걸음을 옮긴다.

당신이 나를 부르면

기다려 주지 않는 세월은
뒷걸음치지 않고 언제나 묵묵히 앞으로 나아가기만 할
뿐이고
서로를 향한 우리의 마음은
사그라지지 않는 불씨처럼 항상 잔잔히 타오르기 있기에
흐르는 세월의 무게를 지고 우리가 조금씩 변해 가더라도
마주 보는 눈빛에서 반짝이는 가슴 속 깊은 사랑의 불씨가
우리가 함께한 작은 공간을 조금씩 데울 때
나를 부르는 당신의 소리를 마음속 깊이 담는다.

조약돌

끝없이 흘러가는 시간과 함께
어디론가 계속 가야만 하는 운명을 짊어진 나그네처럼
투명한 속살을 드러내고 광야를 지나는 차디찬 물길에
떠나지 못하는 육신의 한이 어린 발을 담근다.

수면 아래로 떨어지는 작은 발 아래로
무한한 세월을 참고 견디며 가만히 앉아
조용히 숨 쉬는 조약돌이 나를 반기면
아픔의 세월을 함께한 오래된 친구를 만난 것 같은 묘한
반가움이 나를 휘감고
떠나는 자를 보내는 남겨진 자의 슬픔이 촉촉한 눈망울
에 어린다.

당신과 함께라면

아무런 두려움 없이 파도가 다가와
넘어설 수 없는 기나긴 삶의 장벽 같은
회색빛 콘크리트 조각에 부딪혀 산산이 부서지면
오직 하늘을 가르는 파도의 외마디 외침만 남아
함께 걷는 우리의 귓가에 울리고
끝없이 울리는 파도의 애절한 외침을 들으며
해안을 따라 어디론가 뻗어 있는 길을 걸으면
세찬 바람으로 휩싸인 삶의 회오리가 우리를 기다리더라도
부서지는 파도처럼 아무런 두려움 없이 당신과 함께 가
련다.

숲 속에서

삶의 피곤한 여정을 잠깐 뒤로하고
젊은 시절의 흔적이 담긴
오래된 숲으로 가는 기차에 몸을 싣는다.

기차가 데려다 줄 또 다른 공간은
사람들이 찾지 않는 잊힌 숲이 되었지만
하얀 눈이 내리는 조용한 계절에
홀로 가볍게 내딛는 걸음을 따라
젊음 날 함께한 희망과 좌절의 시간들이
하얀 눈도 덮지 못한 숲의 그윽한 향기와 함께
기억의 공간으로 찾아온다.

지나간 시간은 다시 잡을 수 없고
단지 내 삶의 흔적으로 남아
하얀 눈에 덮인 파란 숲처럼
보이지는 않지만 조용히 살아 숨 쉬고 있기에
저 높고 푸르른 나무들처럼 싱그러운 젊음이
세월을 담아 하얗게 물든 머릿결 아래에서 푸르게 숨 쉬
고 있다.

하얀 길

우울한 표정의 하늘 아래
새하얀 눈이 온 세상을 뒤덮어
모든 것이 태초의 순수한 모습으로 돌아가
삶의 혼란과 절규가 사라진 새하얀 길을 당신과 걷는다.

하얀 길을 따라 우리는 오직 하얀 발자국만 남기고
끝없이 걸어가는 걸음의 끝에
아무도 찾을 수 없는 미지의 세상에 도달하게 되면
우리에게 남겨진 것은 아무것도 없겠지만
반짝이는 당신의 눈동자를 가슴속에 담고
하얀 눈처럼 살고 싶구나.

당신의 미소

강가를 스치고 불어오는 포근한 바람이
해 질 무렵 어둠으로 사라져 가는 풍경을 바라보는
우리의 두 눈으로 사랑의 향기를 담고 다가오면
모든 것이 어둠으로 잠겨 고요만 조용히 숨 쉴 때
행복한 당신의 미소가 강가의 별이 되어
사랑의 반짝임이 나를 사로잡는다.

행복의 선물

싸늘한 바람에 슬픈 춤을 추며
하나둘 말없이 떨어지는 힘없는 낙엽이
사랑을 찾는 소녀의 감성을 적시는 가을이 오면
우리가 함께하는 머나먼 들판 아무도 모르는 오두막에서
사랑이 피어나는 하얀 연기가 오를 때
가을은 작은 행복의 선물을 안고 조용히 문을 두드린다.

그리움의 꽃

세상은 나를 찾을 수 없는 곳으로 내몰고
누구도 넘지 못한 죽음의 황야를 지나
밤이 오면 언제나 나를 비추는 먼 별을 길동무로 삼아
아무도 찾지 못한 섬과 같은 신세계로 간다.

바람도 이제 더 이상 먼 곳의 소식을 전하지 않고
오직 새로운 계절만 유일한 방문객이 되어
하얀 눈이 또 한 해가 지나감을 나에게 알릴 때
나는 싸늘히 식은 화로에 불을 붙여
당신을 향한 그리움의 꽃을 저 하늘로 보낸다.

야간 비행

모든 것이 잠들고
저 하늘의 보석 같은 별만 가냘픈 빛으로 나를 비출 때
짧은 삶의 여정 같은 활주로 한편에서
조용히 나를 기다리는 철의 날개에 오른다.

나는 차가운 날개에 숨을 불어넣고
차갑고 비정한 활주로를 전속력으로 달려
내가 가진 모든 것을 지상에 남겨 두고
아무것도 보이지 않는 까만 하늘을 나는 한 마리 새가 되어
어둠의 끝에 숨어 있는 은하수를 향해
돌아오지 않는 밤의 비행을 떠난다.

밤이 내린 강가에서

아무것도 보이지 않는다.
어디서부터 오는지 알 수도 없는 바람을 맞이하며
쓰러지는 갈대의 가냘픈 흐느낌이 귓가에 울릴 뿐.
두 눈이 사라진 것 같은 완전한 어둠의 세상에
끝없는 여정을 떠나려는 고독한 이를 달래려는
흐르는 강의 무심한 인사를 들으며,
가냘픈 몸을 흔들며 나를 기다리는 갈대숲을 지나
흐르는 세월이 고스란히 묻어 있는 버려진 나룻배에 몸
을 싣고
정적을 깨는 누군가의 휘파람 소리를 들으며 나는 이제
강과 함께 떠난다.

달의 손짓

보이지 않는 세상으로 떠나는 이의
슬픈 미소 같은 붉은 노을이
기약 없는 어둠으로 점점 사라져 갈 때
석양으로 사라져 간 그리운 이의 모습이 떠올라
나는 정적의 그리움에 싸이고
기나긴 밤에 홀로 남아 밤하늘을 바라보면
조용한 달이 떠올라 함께 가자 손짓을 한다.

산책 I

사라져 가는 하루를 배웅하는 교회 종소리가
흐르는 강물처럼 부드럽게 울릴 때
여름을 보내는 가을바람과 함께 산책을 나선다.
불어오는 바람이 당신의 갈색 머릿결을 날리고
어디론가 뻗어 있는 오래된 오솔길을 걸으면
우리의 한 걸음 한 걸음을 따라
행복의 웃음소리가 조용히 귓가에 울리고,
아무 말도 하지 않아도 스치는 옷깃을 따라
피어나는 사랑의 속삭임이 나지막이 우리를 감싸면
걸어가는 이 길이 돌아올 수 없는 길이라도
끝없이 함께 걷고픈 마음 간절하구나.

단풍놀이

조금씩 사라져 가는 가냘픈 불꽃같이
힘겨운 숨을 쉬고 있는 여름의 열기가
아직 가을바람에 아련히 담겨 내게 다가온다.
세월은 거짓이 없이 오직 한 길을 따라 걸어가고
파릇한 잎새는 그 세월을 안고 붉게 물들 때
나는 언제나 말없이 서 있는 묵묵한 산에 오르고,
열기와 한기가 함께 숨 쉬는 가을바람이
내 머리 위로 우수수 붉은 잎을 떨어뜨릴 때
모든 것은 한순간일 뿐이라는 자연의 섭리 속에서
흩날리는 단풍을 따라 나도 붉게 물들어 간다.

그리운 거리

아무도 없는 해변에 조용히 내게 다가오는 물결같이
지나온 시간이 아련한 기억으로 내게 다가오면
당신과 함께 거닐던 추억의 거리를 따라 고독한 여행을
떠난다.

거리에 움직이는 것은 나와 세찬 바람뿐.
오직 가로등만이 희미한 불빛으로 나를 반기고,
거리에 묻어나는 당신의 향기를 따라
달빛이 비추는 언덕에 오르면
함께 바라보던 황홀한 불빛의 야경이 펼쳐질 때
행복에 겨운 당신의 조용한 웃음소리를 다시 한 번 들어
보고 싶구나.

당신의 웃음소리

지금도 기억하고 있어요.
바람 부는 언덕에 올라
플라타너스 향기가 우리를 감쌀 때
밤을 부르는 불타는 태양의 빛을 받아
황홀하게 타오르던 당신의 눈빛을.

지금도 기억하고 있어요.
조그마한 섬을 도는 오래된 배를 타고
오직 바다내음만 담겨 있는 바람을 맞으며
하얗게 떠도는 갈매기를 향해
그리움의 손수건처럼 흔들리던 당신의 가녀린 손짓을.

지금도 기억하고 있어요.
원목으로 지어진 외딴 카페에 앉아
조용히 춤추는 촛불의 가냘픈 따뜻함을 느끼며
블루마운틴 커피 향을 타고 피어나는
당신의 조용한 웃음소리를.

내 마음 가득히

비가 오는 밤에는
분홍빛으로 빛나는 조그마한 등을 켜고
사라져 가는 추억같이 은은히 울리는 빗소리를 옆에 두고
오디오에서 흐르는 쇼팽의 녹턴을 듣는다.

세상은 오직 어둠으로 둘러싸여
떨어지는 빗방울만 살아 숨쉬고
시간만 조용히 흘러갈 때
내 마음 속으로 당신이 조용히 찾아오면
사랑의 나래가 사뿐히 떠올라
빗속을 헤치고 세상을 환하게 비춘다.

행복의 나날

언젠가 반짝이는 샹들리에가 우리를 내려다보고
창가에는 하얀 백합이 말없이 서 있던
도심에서 약간 벗어난 찻집에서 우리의 날이 시작되었지.
그렇게 시작된 우리의 시간이
부는 바람에 고개 숙이는 끝없는 수수밭을 거닐던 고귀한
날과
머나먼 향기를 전하는 푸르른 바다를 옆에 두고 모래성
쌓는 소년을 바라보는 소중한 날과
조용히 떠다니는 반딧불을 작은 손에 담아 전하던 아름
다운 밤이 되어
형용할 수 없는 행복을 전하는 나날이 당신과 나의 가슴
속에 담긴다.

붉은 노을

많은 것을 남겨 두고
서서히 사라져 가는 고독한 영혼이
마지막으로 떠올리는 추억같이
황혼의 바다는 붉게 물들어 간다.

이제 저 태양은 어둠으로 가는 다리를 놓고
우수에 찬 눈빛으로 바다를 비추어
수면 가득히 붉게 빛나는 그의 슬픔이 내 마음에 아리지만
다시금 찾아올 우리의 재회를 굳게 믿기에
아쉬운 마음 잠시 접어 두고 기꺼이 너를 보낸다.

고독

모든 빛이 사라지고
아침이 오는 소리는 아직 들리지 않을 때
은빛이 칠해진 자동차에 친구와 몸을 싣고
라디오에서 울리는 나지막한 클래식 선율에 몸을 맡겨
어둠을 가르는 끝없는 도로를 따라
머나먼 어느 해안을 향해 둘만의 여행을 떠난다.

당신과 나는 아무런 말이 없고
서로에게 아무것도 바라지 않으며
흐르는 시간이 우리를 아무도 없는 해안으로 안내하면
바다 끝을 움켜쥐고 붉은 태양이 머리를 내밀 때
오랜 세월을 함께한 우리의 우정이 가슴에 알알이 박히고
언제나 나를 떠나지 않고 지켜 주는
고독이라는 친구에게 고마운 마음을 전한다.

철길 따라

마지막 기차는 이제 아련한 기억 속에만 남아 있다.
아침 햇살을 받아 은은히 빛나는 바다를 옆에 두고 질주
하던 기차는
이제 다시 발길을 하지 않지만
땅에 뿌리를 박고 수십 년을 견뎌 온 철길은
지난 추억을 떠나보내지 못하는 애절한 이의 슬픈 사연
처럼
여전히 남아 지나간 시간을 아무런 말도 없이 조용히 되
뇐다.

해안을 따라 홀로 길게 뻗어 있는 고독한 철길을 따라
바다 향기를 안고 내게로 오는 아늑한 바람을 맞으며
추억 속으로 가는 걸음을 하나씩 옮기면
철길을 따라 깊숙이 박힌 인고의 세월이
말하지 못하는 벙어리 친구처럼 내게 다가와
지나가는 바람처럼 붙잡을 수 없는 무상한 세월이 야속
하기만 하구나.

우리 함께

식어 가는 찻잔 위로 가냘프게 피어나는
하얀 연기도 더 이상 숨을 쉬지 않고
나지막이 속삭이던 종달새의 울음 같은
슈베르트의 세레나데도 더 이상 울지 않을 때
우리 함께 마주 보고 앉아 하이얀 커튼을 열고
쏟아지는 햇살을 듬뿍 맞으며 함께하는 마음을 담아
영롱히 빛나는 다이아몬드 반지를 당신의 고결한 손에
맞춰 드립니다.

마음에서 마음으로

저물어 가는 하루를 얘기하는 어슴푸레한 저녁 빛이

당신의 은은한 호수 같은 눈동자를 비출 때

서로를 위하는 한결같은 마음이

살며시 잡은 두 손으로 전해져 오면

잔잔한 호수를 거니는 소년의 마음으로

당신의 눈동자를 마음 안에 담는다.

네게 가는 길

낡은 버스 안 창가에 기대어
각양각색의 풍경을 스쳐 지난다.
지나간 시간처럼 스쳐간 풍경은 다시 돌아오지 않듯이
누군가를 애타게 찾던 목마름의 시간도
이제 저편으로 저물어 돌아오지 않는다.

아직 떠나고 싶지 않은 오월이
아쉬움의 향기를 거리 가득히 채우면
하나씩 지나는 싱그러운 가로수를 따라
당신의 간절한 기다림이 전해져 오는데,
당신에게 조금씩 다가가는 이 길을 따라
당신을 향한 애정이 끝없이 펼쳐지기에
가슴 깊숙이 설레는 마음
감출 수가 없구나.

당신의 미소

아이들이 모두 사리진 텅 빈 놀이터에
말없이 누군가를 기다리는 작은 그네에 당신을 앉히고
가볍게 잡은 당신의 어깨를 부드럽게 밀면
멀어졌다가 다가오는 소박한 유희에
당신의 얼굴 가득한 행복의 미소가
내 마음 깊숙이 사랑의 씨앗을 심는다.

비 오는 밤

멀리 빗속을 헤매는 자동차의 숨소리가 들린다.
차가운 어둠을 뚫고 흠뻑 젖은 날개로 날아가는 새들은
내게 한마디 작별의 인사도 없이 사라져 가고,
별이 사라진 하늘에는 반쪽을 떠나보낸 달만 떠올라
쓸쓸히 젖어 가는 세상을 말없이 바라보고 있다.

비가 오는 밤에는
결국에는 사라져야 하는 운명과 같은 슬픔이 찾아와
돌이킬 수 없는 안타까운 사연이 나를 둘러싸고 춤을 추고,
언젠가 아카시아 꽃향기 가득한 언덕에 오르자던 당신과
의 약속이
떨어진 꽃잎처럼 아쉬움의 향기를 내게 전할 때
나는 새로운 내일을 기약하며 스르르 눈을 감는다.

사랑이 오는 순간 Ⅱ

그 순간을 기억하나요.
가을이 인사하는 시월의 바람에 사랑의 향기를 태워 보내던 둘만의 순간을.

그 순간을 기억하나요.
커다란 원을 그리며 돌아가는 회전풍차 안에서 함께 바라본 푸르른 하늘이 우리의 마음을 활짝 열어젖히던 따스한 순간을.

그 순간을 기억하나요.
바다를 향해 떠나는 말없는 강물에 우리의 소망을 담은 하얀 종이배를 띄우던 간절한 순간을.

그 순간을 기억하나요.
순백의 웨딩드레스를 입은 당신이 하얀 새가 되어 나의 품에 안기던 환희의 순간을.

사랑의 사진

구름이 나들이를 떠나 보이지 않고,
해만 남아 우리를 따뜻하게 비추는 화창한 봄날에
문명의 발길을 거부하는 좁다란 오솔길을 따라
길고 긴 세월을 숲 속에서 잠든 둘만의 호숫가로 간다.

호수는 언제나처럼 아무런 기척이 없다.
누군가 서툰 못질로 어설프게 만든 하얀 벤치에 앉아
잔잔한 물길 속으로 조그만 돌을 하나 던지면
동그라미 하나가 사방으로 길을 떠나고,
불어오는 바람에 우리의 숨결을 담아 보내면
호숫가를 가득히 채운 사랑의 향기에 취해
흐르는 시간이 잠깐 길을 멈출 때
두 사람의 사랑이라는 사진이 찍히고
하나의 마음이라는 앨범에 담긴다.

호명 Ⅱ

밤이 온다.
만물의 색을 빼앗고,
들리지 않는 자장가로 모든 이를 안식의 들로 인도하는
세상의 또 다른 반쪽이 고개를 들고 나를 찾는다.

빛나는 보석같이 찬란했던 영광은
떠나 버린 나비처럼 다시 돌아오지 않고,
미로 속을 헤매는 슬픈 운명이
우울한 향기를 세상에 가득 채울 때
끝없는 산야에 듣는 이 아무도 없을지라도
달을 향해 울부짖는 한 마리 짐승처럼
처절한 세상을 향해 그의 이름을 부른다.

산책 Ⅱ

가을은 새로운 바람을 보낸다.
세월의 자국을 새긴 빛바랜 낙엽이
바람에 실려 흩어지는 계절에
사람의 흔적이 점점 사라져 가는
추억의 오솔길을 걷는다.

지나온 세월은 나를 낙엽처럼 갈색으로 물들이고
다가올 세월은 묵묵히 나를 기다리고 있기에
세월의 무게를 안고 옮기는 한 걸음을 따라
서글픈 운명이 나를 반기더라도
조용히 길을 떠나는 나그네처럼
언젠가 낙엽을 맞으며 오솔길을 걷듯이
때가 오면 어둠으로 가는 마지막 산책을 두려움 없이 가
련다.

너와 걷는 길 II

이슬을 머금은 풀잎이 하얀 보석처럼 빛난다.
태양은 이제 겨우 잠에서 깨어 기지개를 켜고
우리에게 따스한 빛을 전할 때
꼭 잡은 두 손으로 전해지는 진실한 마음을 담아
끝없이 이어진 길에 하나 된 걸음을 내딛으면
이 길을 따라 크나큰 혼란과 어지러움이 우리를 뒤쫓더
라도
가슴속 깊이 용암처럼 끓어오르는 용기를 끌어안고
당신과 함께 찬란한 광명의 문을 열리라.

소중한 순간을 만날 때

시간은 언제나 흐르고
암연의 호수에 서광이 서서히 비칠 때
어디선가 들리는 정겨운 왈츠에 맞춰
물결 위에서 춤추는 은은한 반짝임이
호수 안에 떠 있는 은빛의 성을 만든다.

태양이 하늘 길을 한 발 두 발 걸을 때
당신과 만나는 행복의 순간이
사랑의 꽃을 한아름 안고 조금씩 내게로 다가오면
그 무엇과도 바꿀 수 없는 소중한 순간을
가슴속 깊이 간직하고자 하는 순수한 욕망으로
조금씩 빨라지는 발걸음을 나무랄 수가 없구나.

모래성

땅과 바다가 선을 보는 긴 해변을 걷는다.
그곳은 마치 삶과 죽음을 가르는 정류장같이
갈 수 있는 곳과 없는 곳을 도도히 나누고 있다.

나는 내 삶의 마지막 끝자락에서 한 움큼의 황색 모래알
을 움켜쥔다.
모래알은 너무 많고, 너무 많은 것은 전혀 없는 것과 같다.
모래를 움켜쥐고자 할수록 손은 조금씩 공허해지고
욕망의 항아리가 뜨거워질수록 그 속은 연기를 타고 사
라져 간다.

그래, 이제 모래성을 쌓자.
그 옛날 아무것도 모르던 시절이 다시 한 번 나를 찾아와
삶의 희로애락이 바닷속으로 사라져 가고,
기억조차 노을 속으로 사라진 그 시절에

조그만 손의 계집아이와 함께 쌓던 황금빛 모래성을.

모두 떠나고 쓸쓸함만 남은 삶의 끝자락에서

하얀 머릿결이 전해 주는 세월의 잔인함을 담아

삶의 마지막 걸작을 노을 속에 세우고

이제 가리라.

호명 III

가 버린 이는 소식이 없다.

지나간 시간은 회한의 뿌리를 마음속에 심고,

밤이 부르는 쏘나타는 슬픔의 파도만 내게 보낸다.

아무것도 찾을 수 없는 상실의 어둠 속에서

쏟아지는 비바람에 한 걸음도 걸을 수 없는 서글픈 무기

력을 등에 지고

차디찬 모래 위로 깨진 그릇 같은 무릎이 놓일 때

더 이상 갈 수 없는 냉혹한 현실을 앞에 두고

영원히 닿을 수 없는 조그만 별빛을 향해

만나지 못하는 아픔을 담아 목 놓아 그의 이름을 부른다.

머무름

이제는 머무르고 싶다.
종달새 지저귀는 찬란한 아침에
보내는 자의 촉촉한 눈망울같이 젖은 이슬을 보며
눈물의 세월을 푸르른 대지 아래에 묻고
세상을 향해 열린 조그만 창이 달린 오두막을 만들어
그 안에 행복을 담아 머무르고 싶다.

이제는 머무르고 싶다.
가을밤을 노래하는 귀뚜라미의 울음소리를 들으며
하얀 메밀꽃밭에 누워 바라보는 저 하늘이
내게 더 이상 새로운 이정표가 되지 않을 때
별을 따라 걷던 방랑의 세월을 하늘로 보내고
정겨운 메밀꽃의 향기를 가슴속에 담아 머무르고 싶다.

이제는 머무르고 싶다.
가는 것은 끝이 없음을 알고
돌아서는 것이 또 다른 시작임을 느낄 때
조용히 부르는 바람의 애원을 뒤로한 채

푸른 하늘 아래 서 있는 하얀 초원의 집에서
소녀 같은 당신과 이제는 머무르고 싶다.

깊어 가는 밤

아무것도 들리지 않는다.
어둠의 장막이 쳐진 거리에는
바람결에 흩날리는 늙은 잎사귀가
갈 곳을 잃은 슬픈 방랑자처럼
차가운 아스팔트 거리를 따라 홀로 여행을 떠난다.

어둠은 사라지는 것에 대한 애타는 손길을 내게 보내고
그 깊이를 알 수 없는 근원적 고독을 하늘에서 불러내어
고요가 세상을 지배하는 절대자가 된다.

그리하여 밤은 소유를 또 다른 세상으로 보내고
무상과 무념으로 가득한 세상을 만들어
별이 보낸 그리움의 꽃이 내게 닿을 때
아득히 울리는 오래된 종소리가 나를 반기고,
하나씩 멀어지는 어둠의 발걸음에
이제 석별의 인사를 전한다.

조용한 밤에

새벽에 잠이 나를 떠난다.
은은한 빛이 나를 반기는 분홍빛 등을 켜고
분위기를 부르는 조용한 음악을 듣는다.
모든 것이 나를 떠난 것 같은 시간이 샹송 멜로디를 타고
흐르고
변해 가는 세상이 나에게 주는 아픔이
작은 비수가 되어 은은한 쓰라림으로 다가온다.
이제 너무 늦은 것 같다.
세상은 커다란 운동장에 원을 그리고
나를 그 밖에 두고 떠나간다.
슬픔이 담긴 담배 연기를 내뿜으면
잠깐 머물다가 사라지는 하얀 연기처럼
모든 것은 부질없는 것일지도 모른다.
이제 고독한 시간이 하나둘 흐르고
태양이 붉은 빛으로 나를 찾아와
환한 세상이 나를 반기더라도
나를 그를 부르지 않을 것이다.

별이 빛나는 밤

아베마리아를 듣는다.

애절한 아픔이 담긴 선율이 어둠을 가르고 귓가에 울릴 때

밤은 조그만 빛을 간직하고 말없이 떠 있는 별을 내게 보내어

애잔한 그리움의 시간이 나를 반긴다.

이 밤이 가기 전에 꺼져 갈 작은 초에 밝혀진 불빛처럼

어둠은 결국 정열의 빛을 삼킬 것이다.

사라지는 빛은 나에게 허무함을 안길 뿐이고

꺼져야만 하는 빛을 나는 찾지 않을 것이니

당신을 향한 나의 마음이 열정으로 치닫지 않더라도

슬픔이 이 밤을 지배하지는 않는다.

다만,

작은 아픔을 함께하는 순수한 마음과

나보다는 당신을 먼저 생각하는 애틋한 사랑이

머나먼 별 속에 담겨 작은 빛으로 어둠의 끝까지 나를 바라보기를 바라며

아무것도 보이지 않는 이 밤에 하얀 당신의 이름을 부른다.

너와 걷는 길

ⓒ 김수운, 2018

초판 1쇄 발행 2018년 12월 13일

지은이   김수운
펴낸이   이기봉
편집   좋은땅 편집팀
펴낸곳   도서출판 좋은땅
주소   경기도 고양시 덕양구 통일로 140 B동 442호(동산동, 삼송테크노밸리)
전화   02)374-8616~7
팩스   02)374-8614
이메일   so20s@naver.com
홈페이지   www.g-world.co.kr

ISBN   979-11-6222-872-2 (03810)

이 도서의 국립중앙도서관 출판시도서목록(CIP)은 서지정보유통지원시스템 홈페이지(http://seoji.nl.go.kr)와 국가
자료공동목록시스템(http://www.nl.go.kr/kolisnet)에서 이용하실 수 있습니다. (CIP제어번호 : CIP2018038590)